Éditions de l'Exil
480, rang 4
St-Élie-de-Caxton, Qc, G0X 2N0
Tél : 819-221-3132
editionsdelexil@yahoo.ca
site Internet : www.editionsdelexil.com

Thaïs Barbieux

La pomme d'or

- Théâtre -

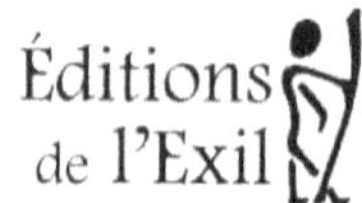

Éditions de l'Exil

LES PERSONNAGES

ZEUS – Roi de l'Olympe
POSÉIDON – Dieu des mers
PELÉE – Roi de Phthie
THÉTIS – Néréide
ÉRIS – Déesse de la Discorde
HÉRA – Reine de l'Olympe
ATHÉNA – Déesse de la Justice
APHRODITE – Déesse de l'Amour
HERMÈS – Messager des Dieux
PÂRIS – Prince de Troie

UN CHŒUR des Hespérides

SCÈNE I

---ZEUS---

Ne sont-elles pas toutes merveilleuses? Les femmes ont des charmes si exquis qu'on ne peut choisir le plus doux de leurs différents miels. C'est comme désigner une étoile au hasard et convaincre un imbécile qu'elle est la plus jolie de toutes. Je ne saurais préférer une femme à une autre lorsqu'à toutes deux ont été donnés les attributs les plus subtils.

---POSÉIDON---

Mais regarder ce ciel nocturne serti de lumière, en soupirant devant son immensité, rendrait n'importe quel homme imbécile. Alors que dans mes pays, les femmes sont des perles si rares qu'on ne peut se tromper en les confondant avec des grains de sable. Elles sont si précieuses que mes océans les dispersent, afin qu'elles ne prennent jamais de voies similaires, telles des esquifs légendaires. Lorsque vous en tenez une au creux de votre main, vous n'avez plus qu'à mourir pour que ne soit jamais divulgué l'endroit où elle se trouve.

---**Zeus**---

Tu me sais en total désaccord avec ta vision. Les charmes féminins n'appellent qu'à être cueillis et goûtés. Ils sont présents jusque dans la mère de famille, car la nuit elle rêve de se donner entièrement et sans pudeur aux bras généreux qui en feraient la plus belle des femmes. Ce sont les hommes qui rendent les femmes ternes en les enchaînant à des fonctions dégradantes.

---**Poséidon**---

Bien au contraire! Une femme sacrée sera celle qui trouvera l'alchimie nécessaire afin qu'un Mortel devienne plus grand que lui-même. Aucun homme ne peut enchaîner une telle femme.

---**Zeus**---

Et qu'en est-il d'un Dieu, mon frère? Ta femme idéale te fera-t-elle maître de l'univers à mes dépens? Si seulement tu voyais comment nous pouvons trouver la simplicité à travers la dévotion que nous pouvons leur octroyer.

---**Poséidon**---

Les butiner, comme des fleurs sauvages, ne me semble pourtant pas une façon de les glorifier. Le goût avarié de l'une gâcherait celui si doux d'une vierge.

---**Zeus**---

Elles sont toutes vierges de tes attentions. Tu veux leur prendre et ne rien leur donner!

---POSÉIDON---

Je constatais l'inverse! Tu es prêt à extraire leur magie pour un instant de plaisir. Si je te montre la plus belle des femmes, tu changeras d'avis.

---ZEUS---

Je demande à voir quelle fraîche nymphe tu as dénichée pour que tu sois si sûr de toi.

---POSÉIDON---

Celle-là même dont je parle depuis l'heure, la perle maudite, car elle ne peut être sertie.

---ZEUS---

Comment cela? Serait-elle aussi chaste qu'Artémis l'Amazone?

---POSÉIDON---

Non, elle s'offre comme une fleur au zénith.

---ZEUS---

Serait-elle alors frappée d'une monstruosité tardive telle Méduse qui un jour fut d'une beauté rare?

---POSÉIDON---

Non, c'est elle qui fera de nous des malheureux.

---**Zeus**---

Serait-elle si imbue d'elle-même qu'elle nous repousserait sans prendre garde?

---**Poséidon**---

Non, elle chante à la rivière la venue désespérée du parfait amour.

---**Zeus**---

Alors, pourquoi tant d'hésitation? Pourquoi n'est-elle pas déjà ta maîtresse?

---**Poséidon**---

Le soleil éclaire son chemin, mais une prophétie ternit la destinée de celui qui se lierait à elle. Plus notre puissance est grande, plus le risque est grand. Elle lance sans le savoir un défi que nous ne pouvons relever. Prométhée a parlé. Quiconque est le père, elle enfantera un premier fils plus puissant que lui. Ni toi, ni moi ne désirons voir cela se produire.

---**Zeus**---

En effet, le fragile équilibre maintenu grâce à nos égales forces en serait bêtement affecté. Qui est-elle? Car j'aimerais beaucoup connaître la femme qui cache en son sein le pouvoir de nous détrôner.

---**Poséidon**---

Ne t'ai-je pas mis en garde? Tu crois pouvoir nager dans

ce tourbillon. Je ne pourrai t'aider, car je suis déjà son prisonnier, au mieux je me battrai afin qu'elle ne t'honore jamais. Cela ne nous mènerait à rien!

---**ZEUS**---

Son nom, Poséïdon!

---**POSÉÏDON**---

Elle est la Néréïde Thétis, sœur de mon épouse Amphitrite.

---**ZEUS**---

Elle est donc une des filles de Nérée, il est vrai que je ne les connais pas toutes. Elles ne sont pas les femmes de mes éléments, mais des tiens. Amène-moi là où elle se trouve. Si elle est aussi unique que tu sembles vouloir le prouver, je me donnerai alors le qualificatif de « volage ».

---**POSÉÏDON**---

Tu me donnes déjà raison en désirant si ardemment la voir. L'idée qu'une telle femme puisse exister te mène, sans même t'en rendre compte, sur le chemin mystérieux de la recherche de celle qui est sublime. Tu peux me remercier, puisque je t'y amène. Ce n'est qu'un voile à soulever pour moi, car je sais toujours où elle se trouve. À défaut de la posséder, je l'observe. Fais-en autant! La voilà…

---Zeus---

Oh! Quel terrible affront, cette beauté! Aphrodite en serait malade de jalousie.

---Poséidon---

Même un mauvais prophète arriverait à prédire un malheur latent.

---Zeus---

Cassiopée fut punie pour moins que cela!

---Poséidon---

C'est la vanité de Cassiopée qui attira la fureur des Déesses, non sa beauté. Une vilaine manière de ternir son éclat de femme. Alors que, tu en conviendras, Thétis est innocente, elle est parfaite.

---Zeus---

Est-ce possible d'avoir eu si tort?

---Poséidon---

Ne t'en fais pas, tu te raisonneras de nouveau et tu pourras bientôt t'enticher d'une simple bergère.

---Zeus---

Jamais! C'est un orage qui m'est fatal.

---Poséidon---

Regarde comment elle se meut au bord de cette plage houleuse. On la dirait gardienne d'une bête rugissante qui ne saurait lui faire de mal.

---Zeus---

Mais ce ne sont pas des récifs aiguisés qui la protègeront des malveillants. N'arrives-tu pas à imaginer ce qui se passerait si Hadès venait à la convoiter? Lui, si grand amateur de pureté en ce qui a trait aux femmes. S'il nous l'enlevait, comme il a enlevé ma fille Perséphone et qu'à travers elle il déclenchait la chute de l'Olympe?

---Poséidon---

Au risque que son futur fils le détrône? Hadès a déjà bien assez d'héritiers gênants.

---Zeus---

Peu importe les raisons qui pourraient pousser un Titan, un Dieu ou un Mortel à risquer de procréer un être plus puissant que lui. Ce n'est pas dans la nature d'un homme d'élever un fils au-dessus de lui-même. L'altruisme et la dévotion qu'ont en commun les femmes peuvent cependant en faire de terribles mères. Je me questionnerais plutôt à savoir jusqu'où irait un homme pour se venger.

---Poséidon---

Hadès est notre frère. Certes, il est puissant, mais ne désire pas marcher sur l'Olympe. Il l'aurait déjà fait depuis fort longtemps. Il est souvent bien au-dessus des rumeurs et querelles des Mortels. Mais le point que tu soulèves me semble important, il en va de la sécurité de Thétis; nous ne pouvons la laisser dans le brouillard. Aussi épais qu'il puisse être, un jour, il se dispersera et elle sera révélée.

---ZEUS---

Mais comment aller au-devant de cette prophétie? Ne pouvons-nous pas nous-mêmes lui trouver un époux digne, mais inoffensif?

---POSÉIDON---

Je n'aurais pas le cœur à l'offrir à un homme.

---ZEUS---

Mais il le faut pourtant, car qui sait qui la choisira sinon. Il n'est pas impossible qu'elle s'entiche d'un homme et que l'ironie se joue de nous. Une femme s'est déjà vu perdre la tête pour celui qu'elle croyait aimer et défier l'Éternité elle-même. Qui sait de quel ingrédient a besoin le Chaos pour accomplir son alchimie funeste, cette explosion cosmique d'un renouveau où nous ne serions plus rois?

---POSÉIDON---

Mais comment déguiser un humble homme en parti scintillant? Comment s'assurer de sa compétence à engendrer un fils inoffensif? Ne pourrions-nous pas user de contrôle et la rendre infertile?

---Zeus---

Ce serait une grave erreur! Nous savons tous deux qu'une prophétie suit toujours son cours. Nous serions honteusement naïfs de croire les yeux fermés à cette solution. Car il suffit parfois d'une goutte de sang dans un fleuve un peu enjôleur pour qu'un enfant sorte de cette union innocente; d'un rayon de Soleil ou d'une pluie sensuelle pour s'enticher un peu trop d'une peau parfumée et la féconder purement. En voulant diriger cela, nous perdrions tout moyen de contrôle! Non, elle peut enfanter et c'est très bien comme cela. Trouvons-lui un mari et vite! Un beau visage, voilà tout ce qu'il faut pour faire goûter l'insipidité à qui ne veut pas. Ensuite, tu pourras la visiter secrètement sans danger.

---Poséidon---

Ton sang-froid m'impressionne. Tu es le plus rusé de nous deux et constamment se justifie ton imposante stature sur le trône de l'Olympe. En commençant par notre libération à tous, alors anéantis dans la gorge dilatée de notre père.

---Zeus---

Nul pouvoir sans responsabilité. Mais je ne serais rien sans votre confiance. Et grâce à nos débats, nous en étouffons de plus virulent.

---Poséidon---

Commençons alors nos recherches, avec de la chance nous pourrons la marier avant la prochaine Lune. Tu m'as évité la folie, même si cet incident me donne raison.

J'en perdais de vue les ficelles de notre équilibre, toujours suspendu au-dessus de terrains glissants et vaseux. Je dois m'empêcher de la revoir afin de consolider ma fermeté.

---**ZEUS**---

Si tu arrives à l'oublier, c'est donc moi qui aurais raison. Les femmes sont sublimes, mais jamais irremplaçables. Oh, mais qui voilà? Ne penses-tu pas à lui?

---**POSÉÏDON**---

Pelée, le fils d'Éaque? Un prince Myrmidon n'est-il pas menaçant?

---**ZEUS**---

Au contraire, mon frère! S'il est fils d'un homme sage, il aura cette vertu en lacune. Il commande des hommes immortels et surhumains, d'une force, d'une ingéniosité et d'une solidarité sans borne. Mais des hommes qui, un à un, tomberont au combat malgré leur immortalité. Il n'est maître de rien, car j'ai moi-même façonné ces hommes. Aucune de ses qualités ne lui a donné la place qu'il occupe. Il se croit noble, mais jamais sa noblesse ne fut mise à l'épreuve. Il se croit fort, mais jamais une lame n'a traversé le bouclier que forment les Myrmidons. Il se croit intelligent, mais jamais quiconque n'a le droit de le contredire. Aucune de ses vertus ou singularités ne m'inquiète, fussent-elles multipliées par mille!

---**POSÉÏDON**---

Mais la bêtise peut être dangereuse, lorsque poussée à

l'extrême!

---ZEUS---

Il n'est pas bête non plus, ni couard ou emporté. Il est tout simplement un homme chanceux qui épousera une femme trop bien pour lui et qui sera fier d'un fils surdoué, mais tout de même soumis à nos Lois. Il est digne d'être jugé selon sa beauté. Thétis le dévorera des yeux, juste le temps qu'il faut pour que leur destin soit scellé. Nous ordonnerons un mariage inoubliable afin que soit confondu le hasard. Chaque famille sera heureuse et un héros naîtra sans aucun doute, qui, plein de vaillance, se battra pour notre cause. C'est ainsi que je l'entends! Ainsi pourrons-nous convoler en paix!

---LE CHŒUR---

À l'extrême occident du monde,
là où le jour se meurt encore,
consolé à même l'étoffe de la nuit,
là où notre père Atlas
soulève fermement de sa poigne engourdie,
le globe, qui pourtant tente de se faire léger.
Perché à cette frontière chancelante,
se dresse un arbre majestueux,
que nous, les Hespérides, devons surveiller.

Depuis peu, Héra, grande épouse divine,
dansa d'une joie virginale son union avec Zeus.
Alors qu'était toujours fraîche la lavande,
soigneusement disposée dans les boucles d'Héra,
la bienveillante Gaïa, qui enfanta toute chose,
offrit un présent sans précédent,
un arbre d'une ramure aux fruits dorés.
Ainsi, nous fûmes gratifiées d'une unique tâche,
celle de garder un jardin à oublier.

SCÈNE II

---Hermès---

Que soit illuminé le Mont Pélias le jour où le printemps fera fleurir son premier crocus! Car ce jour impatient sera celui de Pelée et de Thétis. Un mariage si grand qu'il unira le ciel et la terre l'instant d'un clignement d'œil, alors nous croirons que c'est le vin qui frappe à nos têtes. Une union si imprévue qu'elle se pare elle-même d'un tissu romantique, car le couple est jeune, le couple est beau! Thétis est soumise à son voile qui nous la fait languir et Pelée a exhibé maintes fois son désir rutilant. Un Prince épouse une Immortelle et rendra ce jour public. Les gens frappent déjà du pied dans les bassins imbibés de raisin. Les volailles faisandées sont comptées et décomptées. Les amants batifolent dans les plantations afin de faire rougir les fruits plus vite. Ce mariage est plus grand que nature, car la nature elle-même se fera discrète lorsque la mariée approchera incertaine. Les feuilles rouleront sur elles-mêmes et les fleurs se fermeront en boutons, mais une fois Thétis de dos, elles ne pourront s'empêcher plus longtemps de s'ouvrir à cette incarnation inspirante. Ainsi, Pelée verra sa promise réveiller le printemps derrière elle et montera en lui la sève du tourment, celui de voir s'écouler trop lentement les heures avant la nuit.

Mais auparavant, les Muses verseront l'élixir qui rendra la fête surnaturelle. Elles s'amusent parfois à nous glisser des mots étranges à l'oreille, alors nous buvons plus pour mieux entendre, mais elles ne se laissent pas facilement courtiser. Comme j'ai hâte de jouer avec elles. Mais que dis-je? Tous seront présents. Les Néréïdes, sublimes créatures ingénues! Regarder leur farandole m'emplit de joie plus encore chaque fois. Les Centaures se prêteront à des jeux d'adresse et nous feront rire aux éclats. Les mystérieuses Parques chanteront les hauts faits des héros Mortels de leurs voix toujours en parfaite harmonie. Même Prométhée sera là, c'est pour dire qu'il n'y a pas un seul noble de descendance divine qui n'est pas invité. Je me dois de clamer haut et fort cet heureux évènement afin que tous, des confins de la Terre jusqu'au firmament, m'entendent. C'est leur présence à tous qui rendra ce mariage mémorable. Zeus le souhaite ainsi et je suis sa voix ambassadrice. Il a bien dit : « Hermès, part avec le vent, car nous offrons la main de Thétis à Pelée. »

Qu'il me tarde d'offrir mes vœux et de lancer les pétales de la bonne fortune! De pouvoir enfin voir une mariée comblée. Le souvenir du dernier banquet reste une plaie ouverte pour tous les joyeux fêtards qui désirent qu'aucun désastre ne vienne interrompre leur faim. Nous nous souvenons douloureusement de la jeune Hippodamie, digne épouse de Pirithoos, roi des Laphites, et de son voile à peine levé qui fut ensanglanté accidentellement dans une sauvage mêlée qui opposa les Centaures enivrés de force et les Laphites. Nous étions tous présents! Sauf celle qui fut à l'origine de cette discorde. Maudite sorcière, celle-là! J'ai clamé trop fort et trop tôt l'union d'un Prince et d'une Néréïde. Car il y a bien une Déesse qui n'est pas désirée à cette table. Je dois aller la trouver et lui faire comprendre qu'elle n'est pas la bienvenue. Ainsi, nous serons à même de fêter allègrement.

On dit que le meilleur moyen de la voir est de crier une vengeance motivée par la jalousie. Mais je ne lui donnerai pas cet avantage. Je ne ferai que l'appeler par son nom.

Éris? Par l'Olympe, Éris, j'ai à te parler.

---ÉRIS---

Que me veut celui qui m'appelle si fort? Ne se trompe-t-il pas en voulant appeler Iris? Je ne vois pas de quoi un bouffon comme toi, Hermès, veut me parler.

---HERMÈS---

C'est Zeus qui parle par ma bouche, ne l'oublie pas!

---ÉRIS---

Soit! Si tu insistes, je te parlerai comme je le ferai devant lui, mais sache que Zeus ne me parle que des questions de guerre.

---HERMÈS---

C'est parce que ces guerres sont vos terrains de jeux à toi et à ton jumeau Arès. Mais je viens pour parler de paix.

---ÉRIS---

Ha oui? À te voir trembler des mains, on te croirait en

train de me mentir.

---HERMÈS---

Comment mentirais-je à celle qui manipule les Mortels? Je désire faire entendre le désir de tous, et mes mots seront limpides. As-tu eu vent d'un mariage?

---ÉRIS---

Certainement! On le dit grandiose et abondant.

---HERMÈS---

Les rumeurs déforment toujours la réalité. Il ne s'agit que d'un humble et traditionnel banquet de noce. Rien qui alimente la convoitise, même d'une simple fille de berger.

---ÉRIS---

On dit qu'un Prince se marie avec une Nymphe. Que me racontes-tu là?

---HERMÈS---

En quoi est-ce étonnant? Il y a tant de frontières qu'il y a plus de rois que de sujets en ce bas monde. Et n'exagérons rien avec les Nymphes! Nous parlons bien de ces créatures qui pullulent dans chaque mare d'eau et qu'un brigand n'aurait aucune difficulté à enlever et à épouser de force. Elles ne sont en rien des Déesses. Pour vous faire une confidence, j'ai bien plus de mal à résister à une jeune Mortelle qui a gagné plus durement le droit d'être jolie.

---Éris---

Qu'est-ce que j'en ai à faire de tes courbettes enjôleuses! Je n'ai nulle envie d'aller à ce mariage de roturier. Ne m'en parle plus et sort de ma vue!

---Hermès---

S'il en est ainsi! Si tu promets de ne pas venir, je n'ai plus rien à annoncer. Tu pourras t'occuper de tes jeux macabres sans entendre ma voix et moi, je pourrai retourner à mes marchandages.

---Éris---

Un instant, malicieux! Ne me tourne pas le dos si vite. Pourquoi est-ce que je ne peux pas venir à ce mariage si tous sont invités, tel qu'on le raconte?

---Hermès---

Il faut bien croire que tous n'y sont pas conviés alors!

---Éris---

Pourtant, c'est à croire que tu fais tout en ton pouvoir pour m'y intéresser.

---Hermès---

C'est le conflit qui t'intéresse, car je ne fais pourtant que répéter que ta présence n'est pas la bienvenue. Je te plains, si tu penses que ce n'est que dans la discorde que nous tenterions de tendre la main vers toi.

---ÉRIS---

On dit qu'Hermès déguise la vérité. Qui es-tu donc pour que je te fasse confiance? Avec quel masque me souris-tu? Moi je ne vois que celui du mépris. Peut-être que mes yeux ne voient que du noir, mais, tous, vous me montrez vos noirs côtés.

---HERMÈS---

Tes mains sont tachées de sang et ce n'est pas toi la victime.

---ÉRIS---

C'est moi qui noircis l'âme des Mortels peut-être? Ce sont eux qui sont prêts à tuer par jalousie, ce ne sont pas des enfants de lumière, car en eux séjournent bien au chaud tous les vices. Tu ne connais rien de mes devoirs!

---HERMÈS---

Mais un jour de fête n'est pas sujet à ces bassesses.

---ÉRIS---

Crois-tu? Je peux te prouver que Mortels et Dieux n'ont besoin de personne pour être exécrables et perdre leur sens de l'honneur pour une broutille. Tous, vous regretterez de m'avoir exclue de votre table!

---HERMÈS---

Éris! Attends!

---Éris---

Non, il est trop tard pour reculer. J'ai compris le message que tu avais à me faire. Ce n'est que ta peur qui tente de me raisonner, rien n'est plus risible. Aller, vas-t-en!

---Hermès---

Chaque fois que tu sèmes la discorde Éris, tu alimentes un peu plus le dégoût que nous avons pour tes procédés. Penses-y bien avant de te venger. Adieu!

---Éris---

Qui parle de se venger? Ce n'est qu'un petit jeu. Une fois que j'aurais lancé la balle, elle sera entre vos mains. Seulement un jeu Hermès… Adieu!

---LE CHŒUR---

Dans le jardin silencieux des Hespérides,
nous ne sommes que le bois sec
qui alimente le feu de la convoitise.
Qui ne veut pas partager ses trésors
rend le cœur des passants envieux.
C'est une bien scintillante cage dorée,
où nous chantons, alanguies, les louanges
de ceux qui nous ont exigé une destinée,
celle de cet arbre qui produit des pommes d'or.

Là où le voile est opaque,
la curiosité est dense et se fortifie.
Cette richesse enjôleuse nous prend au piège,
avec une toile tissée à même notre fidélité.
Mais la confiance n'est que partielle,
car un gardien bien plus mortel
se cache dans les sillons de l'écorce,
un serpent qui mordra notre trahison
si nous venions à voler une Pomme d'Or.

SCÈNE III

(Tous sont attablés)

---Pelée---

Jamais un homme ne fut aussi comblé que je peux l'être en ce moment parfait en tout point! Je regarde, les yeux grands ouverts, cette femme sublime qui partage ce repas somptueux avec moi, alors que mon cœur est prêt à la chérir aveuglément. Comment pouvoir donner avec gratitude lorsqu'on reçoit autant? Je donnerais ma vie si vous, Hadès, n'alliez pas me la prendre. Je partagerais chaque respiration si elles ne m'étaient enlevées à même les lèvres. Nous sommes si peu de chose pour vouloir donner autant, ma douce. Vous me faites si minuscule que mon désir est encore plus grand.

---Thétis---

Vous en faites trop, mon époux!

---Pelée---

Trop? Alors que l'Olympe au complet est assis à notre banquet de mariage! Alors que vous êtes parée de mille boutons de rose et que nous mangeons les Cerfs sacrés d'Artémis? Je ne saurai survivre à votre humilité. Ne me faites pas croire que je suis fou, par pitié!

---Thétis---

Vous n'êtes pas fou, car je suis bien ici à manger du cerf avec vous.

---Pelée---

Thétis, à chaque œillade que vous me faites, le rêve s'intensifie, mais entendre votre voix c'est comme me pincer pour me croire bien en vie.

---Thétis---

Alors, taisez-vous et laissez-vous pincer davantage, car cette nuit j'aimerais un amant bien en vie!

(Ils s'embrassent)

---Zeus---

Levons nos verres à ce couple heureux!

---Poséïdon---

À vous! Et à vos descendants!

---Zeus à Poséïdon---

Tu es bien piètre hypocrite! Tes épaules sont tendues et tes mains sont moites. Ressaisis-toi!

---POSÉIDON À ZEUS---

Et toi, tes yeux vagabondent un peu trop souvent dans le corsage de la mariée.

---ZEUS À POSÉIDON---

Qui d'autre pour me voir puisqu'il n'y a que toi qui la fuis du regard? Certains fruits autour de cette table demandent seulement plus de persévérance à éplucher que d'autre.

---POSÉIDON À ZEUS---

Nous avions passé un accord!

---ZEUS À POSÉIDON---

Ne sois pas si grincheux, c'est un jour de fête!

---ZEUS---

Buvez mes amis! Buvez, car nos cœurs ont soif de réjouissances!

(Pendant que tous boivent, une pomme tombe du ciel et roule sur la table. Personne n'ose la prendre, alors Hermès la saisit, incertain.)

---HERMÈS---

Qu'est-ce que ceci? Incroyable! Une Pomme d'Or. N'ayez pas peur de vous exclamer, car c'est un cadeau d'une valeur inestimable pour les mariés.

Scène III

---Héra---

De qui est-ce? Car je ne connais qu'un seul arbre qui donne de tels fruits et cet arbre m'appartient.

---Hermès---

Peut-être n'est-ce qu'une imitation.

---Héra---

C'en est une bien réussie alors!

---Hermès---

Oh! Il y a une inscription. On peut lire « à la plus belle »! C'est un bien beau compliment pour la mariée alors entourée de Déesses si distinguées. Mais prends là puisque je te la tends!

---Pelée---

Qu'attendez-vous Thétis? C'est un cadeau qui vous est destiné.

---Thétis---

Je n'oserai même y toucher. Cela serait m'affubler d'une vanité outrageuse.

---Zeus---

Aujourd'hui, cet honneur te revient, car le jour de ton mariage, tu es la plus belle.

---Héra---

Ne rougis pas de la sorte Thétis, cela trahirait ta fausse modestie. Qui peut bien ne pas désirer ardemment cette pomme dorée?

---Thétis---

Ce n'est pas mon cas, Majesté. Je m'incline bas devant votre grandeur. Il est clair que cette pomme revient à la plus belle de nous toutes. Je ne la vous conteste pas.

---Aphrodite---

Pourquoi serait-ce Thétis qui offrirait la pomme à Héra, simplement par soumission, alors que tous savent que la Beauté même se pâme devant moi?

---Poséïdon---

Ne complique pas la situation Aphrodite! Elle est déjà close.

---Pelée---

Suis-je en droit, devant cette assemblée si extraordinaire, de rappeler que nous sommes ici présents pour vénérer, ne serait-ce que le temps d'un banquet, une mariée parée de la beauté la plus fraîche? Ce présent est pour elle seule. Vos coffrets regorgent d'objets luxueux! Thétis n'a de perles qu'en son sourire et d'or que dans le fil soyeux de ses cheveux.

---ZEUS---

Pelée a raison, laissons notre vanité de côté et célébrons!
Allez Thétis! Prenez cette pomme et n'en parlons plus.

---HERMÈS---

Elle n'ose y toucher de peur d'être foudroyée par la
jalousie des autres. Nous n'aurons pas de répit tant que
cette maudite pomme n'aura pas été désignée propriété
d'une de ces dames. Qui de Héra ou Aphrodite, Zeus?

---APHRODITE---

Il a bien trop peur de sa femme pour être impartial. Tous
ici peuvent dire que la plus belle d'entre toutes; c'est
moi. Cela va de soit!

---ATHÉNA---

Je ne crois pas non! Les charmes et l'amour sont tes
affaires, mais ça ne fait pas de toi une déesse plus belle
qu'Artémis la Vigoureuse ou que la fragile Perséphone et
je ne crois pas les hommes plus aptes à juger de
véritables beautés que nous le sommes, en déplaise à
Zeus.

---APHRODITE---

Véritable beauté? Tu m'insultes?

---ATHÉNA---

Si la superficialité est une insulte, alors oui! Je réclame le
droit de concourir pour cette pomme, pour vous prouver

que la véritable beauté est celle de l'esprit, non celle du corps ou celle du pouvoir.

---HÉRA---

Athéna, n'en fais pas une joute justicière! Tu n'es pas de taille. Cette pomme provient de mon jardin et je ne permettrai pas qu'on me vole ainsi. Mais cela dit, tu as raison en ce qui concerne Aphrodite.

---POSÉIDON---

Mes Dames! Faut-il vous rappeler à votre dignité?

---APHRODITE---

Mais vous ne connaissez rien à la beauté! Vous vous cachez toutes deux derrière vos positions de faux-semblant, de pouvoir ou de justice. Alors que moi, je suis entière à mes adorateurs et ceux de la Beauté. Cette dignité que vous croyez saine n'est qu'un boulet qui altère l'abandon de soi. Cette félicité au cœur d'un partage de ce que la vie nous offre de plus beau, vous ne la connaissez pas. Vous n'osez être nues et intègres face à ce que l'amour exige; cette gourmandise à s'offrir. Les fleurs sont ainsi faites et vous n'en êtes pas. Une beauté généreuse est celle qui mérite d'être récompensée. Vous êtes là, à vous réclamer d'une vertu qui vous fait tant défaut que vos époux viennent se consoler dans mes bras.

---ATHÉNA---

La séduction n'est pas une vertu et n'est en rien similaire à la beauté, pas même celle du corps. Tes discours charment peut-être les hommes, mais pas moi.

---Zeus---

Arrêtez immédiatement! Je dirais que vous n'avez jamais été aussi laides toutes les trois qu'en ce moment. S'il n'en tenait qu'à moi, je vous punirais de cette vantardise déplacée. Je comprends, à vous entendre, pourquoi Thétis ne veut pas plonger sa main dans ce piège horrible.

---Hermès---

Un piège en effet! Il est possible que ce soit Éris qui se joue de nous.

---Héra à Zeus---

(sans écouter Hermès)

Te rends-tu compte de l'offense qu'Aphrodite nous fait à toutes et qu'elle vous fait en vous traitant d'hommes faibles? Tout ne se donne pas à celle qui est belle et c'est pourtant ce qu'elle croit.

---Aphrodite---

C'est pourtant ce qui est écrit sur cette pomme. Qui sait si elle ne s'est pas sauvée seule de ton jardin en ne te trouvant plus assez digne d'elle!

---Héra---

(en lui lançant un objet)

Tu vas ravaler tes paroles, courtisane!

---Zeus---

Par tous les Enfers! Honte sur vous! Vous allez vous entretuer pour une simple pomme? Il suffit!

---Héra---

C'est de ta faute, car tu n'as qu'un mot à dire et cette Pomme d'Or m'est restituée. Mais tu es trop éperdue des charmes de cette sorcière. Ou alors peut-être de Thétis que tu dévores des yeux depuis le début? Elle cache bien son jeu cette Néréide!

---Pelée---

Je ne permettrai pas que vous parliez de Thétis de cette façon. Nous refusons d'être le jouet de vos querelles incessantes. Qu'Éris ait lancé la pomme ou non, ceci n'est l'œuvre que de votre hystérie. Et je ne désire pas être spectateur de ces histoires de femmes.

---Athéna---

C'est une erreur de pointer nos féminités, car si les hommes étaient cohérents entre ce qu'ils pensent, ce qu'ils disent et ce qu'ils font, nous n'en serions pas à nous déchaîner de la sorte.

---Pelée---

Peu m'importe vos discours! Ma femme et moi, nous partons. Continuez à votre gré de vous chamailler, mais laissez au moins les Mortels vivre en paix. Viens, Thétis!

---**HÉRA**---

Elle me la donnait! Vous êtes responsables de ce chaos.

---**ZEUS**---

Cela ne finira donc jamais? Cette Pomme d'Or semble si importante! Comme vous ne pouvez vous entendre et nous ne voulons nous prononcer, je propose qu'Hermès parte à la recherche d'un homme beau, sage et bien né qui se fera le juge impartial de cette difficile question, à savoir qui est la plus belle entre Héra, Aphrodite et Athéna. Hermès écoute-moi bien! Il doit être beau afin d'avoir eu le privilège de goûter à des femmes séduisantes qui s'offraient à lui. Qu'il ne soit pas puceau, tu entends? Il doit être sage, car il doit pouvoir comprendre toute la profondeur de la question posée et savoir regarder les yeux fermés. Mais par pitié, que ce ne soit pas un vieil ermite qui répondra par une énigme au nom d'un quelconque humour farçant la sagesse! Qu'il ait tort ou raison, cela ne réglerait en rien la situation. Qu'il soit né prince! Car la noblesse est de mise dans cette délicate affaire. S'il est trop aisément corruptible, elles n'auront qu'à lui donner des poulets et des chèvres pour le convaincre. Et qu'il soit vaniteux, car sinon comme Thétis, il baissera la tête et ne voudra pas se mêler de cette affaire. Pars à sa recherche et règle cette discorde, brave Hermès.

---**HERMÈS**---

Je t'obéis à l'instant!

---Zeus---

Vous trois promettez que cette Pomme d'Or sera dans les mains de celle que cet homme aura décrété être la plus belle et que cette discussion finira aussitôt. Promettez-le!

---Héra, Aphrodite et Athéna---

Nous le promettons!

---Le Chœur---

Jamais nous ne fûmes tentées de cueillir,
perchées sur la pointe des pieds,
une seule de ces pommes dorées,
car elles n'ont de valeur qu'en dehors de ces murs.
Mais si quelqu'un rongé par le désir
outrepassait le règlement prononcé
qui serions nous pour l'arrêter
ou même le reconnaître alors caché par la nuit,
seulement les témoins d'un ravage incompris.

Nous regardons toujours l'arbre afin de comprendre,
car on dit que ces pommes d'or
aussi légères que s'il y avait de la chair à croquer
sont incomparables en beauté.
Mais rendent-elles le cœur pur?
C'est la seule beauté qui nous importe.
Nous ne les croyons pas ainsi!
Sinon pourquoi les cacher aux Mortels,
pourquoi ne pas laisser chacun s'y mirer
et trouver en lui la sublimation désirée?

SCÈNE IV

(Hermès, Héra, Aphrodite et Athéna se rendent au Mont Ida)

---HERMÈS---

Suivez-moi Divines Grâces! Le jeu se poursuit et trouvera aujourd'hui un dénouement qui ne pourra vous satisfaire toutes.

---ATHÉNA---

Si Héra ou moi nous perdons, il nous restera nos vertus de justice, de sagesse et de tempérance, mais si Aphrodite perd, il ne lui restera plus rien.

---APHRODITE---

Je trouve ces vertus bien superflues alors que vous me contestez mon pouvoir divin, il n'y a ni justice ni sagesse dans cet acte.

---HERMÈS---

Oh! Taisez-vous petites sottes! Je ne peux plus vous supporter. Telle est ma punition pour avoir outré Éris, mais pitié, pitié! Des heures durant que je vous entends débattre. Alors que si vous aviez écouté, j'aurais pu vous parler tout ce temps de vos beautés uniques.

---HÉRA---

C'est un passe-temps qui aurait été plein de sournoiserie, c'est bien facile de ne pas prendre position.

---APHRODITE---

J'aimerais entendre ce qu'Hermès dirait à chacune, même avec ses petits démêlés mensongers qui le rendent si adorable. C'est un partisan de l'équité bien charmant qui pourrait presque me convaincre de céder quelques qualités.

---HÉRA---

Ne te laisse pas séduire Hermès, fait seulement la tâche que Zeus t'a ordonné de faire.

---HERMÈS---

N'aie crainte Héra, vous me passez l'envie de discuter avec vous. Ce sera le fardeau de l'homme que j'ai déniché pour vous. Hélas, je le plains déjà!

---ATHÉNA---

Qui est-il? Répond-il aux exigences?

---HERMÈS---

C'est un Mortel inconnu. Pourquoi vous en dirais-je

plus? Il est impartial, c'est tout ce qui compte.

---**APHRODITE**---

Ah! Tu es ennuyant parfois! Je te croyais plus bavard à l'ordinaire.

---**HÉRA**---

Allez! Qui est donc cet homme? Nous sommes curieuses. Nous promettons de ne plus nous quereller.

---**HERMÈS**---

C'est vrai?

---**ATHÉNA**---

Oui, bien sûr!

---**APHRODITE**---

Est-il séduisant?

---**HERMÈS**---

Si c'est tout ce qui vous importe, oui, il est très séduisant. Plein de grâce et de vigueur.

---**HÉRA**---

Mais encore?

---**HERMÈS**---

C'est un humble prince, voilà tout!

---**HÉRA**---

Ha! Faut-il vous arracher de force son histoire?

---**HERMÈS**---

D'accord, d'accord, puisque vous avez promis d'être sages. Mais d'abord, répondez à une question honnêtement, oubliez la Pomme d'Or. Êtes-vous conscientes du fait qu'Éris se joue de nous? Elle est si jalouse de vous qu'elle veut vous faire aussi laide qu'elle l'est. Elle a bien réussi, croyez-moi!

---**ATHÉNA**---

Il est vrai qu'elle était la seule à ne pas être invitée, avec son jumeau Arès. Penses-tu vraiment qu'elle est responsable de cette discorde?

---**HERMÈS**---

Elle m'avait même prévenue. Mais les seules responsables restent vous trois. Elle a gagné et vous, vous n'en retirez rien, seulement peut-être une pomme volée. Il n'y a selon moi aucune fierté à cela.

---**ATHÉNA**---

Hermès dit vrai. Nous devrions peut-être nous pardonner.

---APHRODITE---

On m'a insultée publiquement!

---HÉRA---

Et toi, tu as traité nos maris de cocus devant tous, sans égard pour nos honneurs. Cette affaire ne peut se régler autrement que par un juge pour ma part.

---APHRODITE---

Pour moi aussi! Athéna?

---ATHÉNA---

Je ne vous ferai pas le plaisir de quitter la course, mais ce n'est pas par vanité que j'accepte le jugement.

---HERMÈS---

C'est une cause qui me semble pourtant bien insipide Athéna.

---ATHÉNA---

C'est que tu sous-estimes l'importance de rétablir la dignité de la véritable beauté. Car chaque femme est belle, ou en a le potentiel. Elles sont toutes des fleurs et ce n'est pas quelques épines disgracieuses ou quelques parfums accablants qui doivent les empêcher d'éclore. Mais alors qu'approche cette reine de beauté, alors que vient Aphrodite, toutes se maudissent d'être ce qu'elles sont. L'estime des femmes, voilà ma cause!

SCÈNE IV

---HÉRA---

Que son salut passe par ton élection me parait contradictoire pourtant…

---HERMÈS---

Plus un mot! Le jugement approche, car voilà Pâris!

---APHRODITE---

Pâris? D'où vient-il ainsi accoutré? N'as-tu pas dit qu'il était Prince?

---HERMÈS---

Il me semble aussi avoir mentionné qu'il était humble.

---APHRODITE---

Mais c'est un berger! Faut-il charmer aussi tout le troupeau?

---HERMÈS---

Pâris est né Prince de Troie, fils de Priam et d'Hécube, mais il fut placé en campagne sous la tutelle d'un fermier. On le soupçonnait à la naissance de porter une lourde destinée et ils ont cru bon de l'éloigner de Troie. Si cette destinée est d'offrir la Pomme d'Or, et bien, il n'en découlera que peu de tragédie, sauf peut-être pour vos orgueils froissés. Il est jeune et mystérieux et l'on raconte qu'il a apprécié bon nombre de femmes que ses beaux traits attirent tels des papillons qui se brûlent à une flamme.

---HÉRA---

Sait-il ce que nous attendons de lui?

---HERMÈS---

Il connait l'enjeu et il est prêt à prendre cette responsabilité. Nous avons discuté ensemble hier et je lui ai donné rendez-vous devant cette grotte. Je suis heureux de voir qu'il tient ses promesses, ainsi Zeus sera satisfait lui aussi.

---HÉRA---

Dans quel ordre aurons-nous ce moment d'intimité avec lui, où il pourra soupeser son jugement?

HERMÈS

Tirons-le au sort!

(Elles tirent à la courte paille)

Donc Héra en premier, ensuite Athéna et pour finir Aphrodite. C'est à lui de décider du moment où il vous renvoie. Je vois que votre désaccord fait place à présent à l'excitation… Il est de ces choses que je ne comprends pas. Mon rôle est terminé pour l'instant. J'attendrai à cet arbre là-bas le jugement de Pâris.

Scène IV

SCÈNE V

(Héra et Pâris entrent dans la grotte)

---PÂRIS---

Je ne peux en croire mes yeux! Vous semblez si réelle devant moi que je n'ose regarder. On a puni des Mortels pour moins que ça.

---HÉRA---

Tu n'es pas ici pour être puni, mais pour juger.

---PÂRIS---

Comment savoir que je ne serai pas la cible de votre colère par la suite? On m'a assuré que non, mais comprenez que dans ma situation, on se croirait en train de juger du tranchant d'une lame.

---HÉRA---

Mais cette lame, sur laquelle vous avez risqué votre doigt téméraire, peut par la suite être votre amie et vous protéger des fureurs extérieures.

---PÂRIS---

Mais, divine Héra, je dois juger de la beauté et non du pouvoir. Ma tâche en serait simplifiée, car vous êtes la Reine des reines et portez en votre sein la matrice féminine. Vous êtes la mère de ma mère, de toutes nos mères! En cela vous êtes si belle! Car si les mères sont l'essence de la beauté aux yeux de leurs enfants, vous êtes cette magie bienfaitrice. Si, alors perdus dans leurs sombres quêtes, les fils peuvent revenir, remettant leur tête sur le ventre de leurs mères, sans qu'elles les jugent, voilà une beauté inestimable dont vos charmes détiennent le secret. Vous êtes celle vers qui nous voulons retourner. Vous êtes celle à qui nous appartenons. C'est célébrer notre chance d'être en vie que de célébrer votre beauté.

---HÉRA---

Que puis-je faire pour vous démontrer combien vous avez raison? Qu'il doit être difficile d'avoir à regarder sans rien voir, d'avoir à toucher sans rien pouvoir manipuler ou de sentir sans rien pouvoir goûter. Comment choisir entre trois beautés si l'on ne peut en faire l'expérience?

---PÂRIS---

Mais ma situation de Mortel ne me fait-elle pas faire, justement, l'expérience de vos vertus? Cette grandeur qui vous anime, n'est-elle pas celle qui me guide sur des sentiers abrupts? Je ne sais vers quels chemins je dois me diriger, mais je sais qu'aujourd'hui, je me situe à ce croisement si singulier à tout être.

---HÉRA---

J'ai le pouvoir de t'offrir une voie qui n'attend que toi. Tu es Prince, Pâris! Ce qui veut dire que tu as un devoir. Je sais qu'il pèse sur tes épaules encore jeunes. Pourtant, ce pouvoir est ce qui te fera découvrir tes plus grandes qualités. Ne le regrette pas! Observe cette eau croupissante que je te pointe, ne vois-tu pas un avenir glorieux qui aujourd'hui pourrait commencer? Approche-toi et regarde!

---PÂRIS---

Quelle magie! Est-ce bien moi brandissant l'épée devant une marée de soldat? Ce n'est pourtant pas la place d'un deuxième fils, encore moins d'un berger.

---HÉRA---

C'est la place du plus courageux. De celui qui pour de nobles ambitions désire changer le visage du monde. Car je sais que tu désires semer la paix derrière toi. Peu importe comment on a pu t'éloigner du palais.

---PÂRIS---

Mon frère Hector n'a pourtant aucun égal en courage et en noblesse. Vous pourriez faire de cette vision une réalité?

---HÉRA---

C'est une réalité! Ce chemin en est un qui débute en ce moment, comme tu le sentais. Je peux le faire, car la beauté n'est pas dans ce que nous sommes, mais dans ce que nous faisons. Pour propager cette beauté, il faut se donner des moyens, aller parfois à l'inverse de ce que les Mortels croient bon pour eux. Ce ne sont pas des initiés, ils ne connaissent que leur pain et leur toit. C'est grâce au fait qu'une personne fait de grandes choses, que les belles petites choses sont possibles par tous les autres.

---PÂRIS---

Mais la beauté, celle dont je dois être juge? Votre beauté?

---HÉRA---

Tu veux dire celle, plus subtile que celle d'Aphrodite, qui promet à tous d'en profiter. C'est du moins celle qui m'habite. Peut-être n'est-elle pas suffisante à tes yeux.

---PÂRIS---

Si, bien sûr! Mais je ne serais pas bon juge d'ignorer ce qu'ont à dire Athéna et Aphrodite. Votre noblesse est si grande qu'on ne sait plus où elle se termine et où commence votre beauté. Ce qui est ressemblant peut-il être confondu avec la véritable beauté? Je ne saurais m'exprimer si tôt sur ce point. Ce fut un honneur immense que d'avoir eu cet entretien avec vous. Vous pouvez sortir et faire entrer la suivante.

---HÉRA---

Alors pour ma conclusion, permets-moi de t'offrir un simple baiser en souhaitant qu'il te porte chance.
(à l'oreille)
N'oublie pas qui tu es!

(Héra sort et Athéna entre)

---Athéna---

Cette grotte me fait penser ce à quoi pouvait ressembler l'endroit où furent moulés les premiers hommes, au moment où leur fut injectée leur essence primordiale. C'est une bien lourde responsabilité que la tienne. Ce qui au départ pouvait avoir l'air d'un jeu est devenu un piège qui se resserre tranquillement.

---Pâris---

On vous dit plus sage que les fondements qui ont été dictés par les Anciens. Comment peut-on prendre au piège la sagesse même?

---Athéna---

Quel homme a la patience d'écouter un sage assis en haut d'une montagne surtout s'il doit auparavant en gravir la pente abrupte? Ça n'intéresse que très peu de Mortels et de Dieux. Se placer dans l'erreur est source de contemplation immense et le meilleur terrain d'apprentissage pour nous tous. Si nous n'apprenons pas aujourd'hui, le jeu sera plus dangereux demain. Se battre pour des idéaux est une seconde nature pour moi et le faire sur le chemin accidenté que tous empruntent, une nécessité.

---Pâris---

Mais je dois juger de beauté et non de justice. Ma présence n'aurait même pas été requise alors, car on vous sait maîtresse de cette vertu. Vous êtes le carrefour de tant de fougueuses qualités, que cette douce passion qui brûle en vous ne peut que nous réchauffer l'âme et nous donner la force d'être des hommes dignes, dignes même d'aimer et d'être aimés. Car qu'est la beauté si nous la détruisons au fur et à mesure qu'elle nous émerveille; un court moment heureux alternant la haine et la jalousie. Vous êtes la constance du guerrier qui, inlassablement, exécute les mêmes parades et qui, toujours sur ses gardes, ne baisse pas sa lance. Car en une seconde d'inattention, peut être détruit ce que nous avons forgé d'amour. Votre sagesse est guerrière, non pas dans sa violence, mais dans sa discipline. À quoi bon être beau, si nous avons la cicatrice de la vilénie en plein milieu du visage? Vous nous protégez de cette blessure et en cela vous protégez la beauté qui nous entoure.

---**ATHÉNA**---

C'est pourquoi je me devais de répondre à ce message envoyé par une furie; que nous nous souvenions du jour où cette pomme fut lancée sur la quiétude d'une union et de leurs invités! Se battre et échouer pour démontrer que se battre est inutile.

---**PÂRIS**---

Mais vous a-t-on écoutée?

---**ATHÉNA**---

Il y a bien longtemps qu'on ne m'écoute plus à la tablée des Rois, mais à toi je peux dire que je ne viens pas gagner cette pomme, mais contester qu'on se l'arrache aussi impunément. Car la justice, c'est laisser parler aussi celui qui n'a pas de voix. Aurais-je été laide que j'aurais été plus apte encore à débattre ma position.

---**PÂRIS**---

Vous êtes encore plus belle que je me le suis imaginé. Vos principes sont les ornements qui brillent sur une femme. Enlevez-les et cette femme est encore plus jolie, car il n'y a qu'elle pour briller alors. Si vous ne pouvez les enlever, moi, je ne peux juger de réelle beauté.

---**ATHÉNA**---

Je ne saurais comment le faire. Si on laisse tomber un masque, il n'y a personne pour savoir s'il y en a d'autres en dessous. C'est mentir à soi-même que de présumer être dénudé. Être, devant vous ce que je pense être, est déjà un signe d'honnêteté. Être ce que l'autre pense que nous sommes est un état de faiblesse.

---**PÂRIS**---

Admettons que je vous donne cette Pomme d'Or, qu'en feriez-vous?

---**ATHÉNA**---

J'irais la donner à Éris afin qu'elle comprenne qu'elle a échoué, mais tu ne me poserais pas la question si cela était ton intention. Tu ne sais pas ce que le fait d'offrir la Pomme d'Or aurait comme conséquence. Aussi bien poser la vraie question.

---**PÂRIS**---

La vraie question?

---ATHÉNA---

Qu'est-ce que la Pomme d'Or peut te donner à toi? Tu sembles surpris! Ou alors l'inverse? On t'a déjà proposé une destinée incomparable?

---PÂRIS---

Il est vrai que vous me préparez toutes à accepter une flatterie de votre part; comment lutter quand on est désarmé? Je commence à comprendre que, celui à qui l'on fait procès ici, c'est moi. On m'accusera d'avoir été lâche, d'avoir été vaniteux ou avare. À moi de choisir ma tare alors! Qu'on fasse entrer Aphrodite et qu'elle me charme à loisir, car je préfère qu'on m'accuse d'avoir été amoureux. Au revoir Athéna!

---ATHÉNA---

Je ne voulais pas te faire de mal en te mettant face à cette vérité, je comprends ta colère. Sache que pour moi, tu es très courageux de nous affronter. Je me souviendrai secrètement de ton mérite alors que tous te châtieront. Accepte ce baiser, qu'il t'apporte la paix! Regarde cette eau! Je pars en te laissant à cette vision de toi-même qui choisira la juste résolution.

(Athéna sort et Aphrodite entre)

---APHRODITE---

Comment montrer sa beauté si le juge ne regarde même plus? Tu ne te retourneras donc pas? Parle-moi!

---PÂRIS---

Peu importe ce que j'ai à dire…

---APHRODITE---

Avais-je tort de me réjouir de cette aventure? On te croirait las. T'ont-elles menacé? Par quelle frayeur?

---PÂRIS---

Je ne suis pas effrayé, mais plutôt désolé; de ne pas être à la hauteur, d'échouer face à l'ampleur de mes ambitions sournoises ou devant ma conscience qui me sermonne.

---APHRODITE---

Ce n'est pas de ta faute, elles font cela sans même s'en rendre compte. Moi, je parlerai de mots doux, je t'envelopperai d'une ronde suave et non en te pointant d'un doigt accusateur. Car je n'ai pas à te convaincre de ce qui est évident. Si seulement tu voulais me regarder!

---PÂRIS---

Je ne doute pas de votre beauté, car pour juger de beauté je n'ai même pas à vous regarder. Votre voix, à elle seule, est comme du miel qui adoucit. Votre parfum est un baume. Cette ombrageuse silhouette sur le sol, je la vois du coin de l'œil, se meut d'une langueur surnaturelle. Cette Pomme d'Or que je fais rouler dans ma main moite depuis une heure, je vous la donnerais sans même vous voir.

S̲cène V

---A̲PHRODITE---

Mais?

---P̲ÂRIS---

Mais je dois m'interroger en silence, car les mots sont pour moi un marécage de pensée. On ne me laisse pas faire le choix entre trois Déesses magnifiques, c'est entre trois Pâris honteux que je dois choisir.

---A̲PHRODITE---

Qui sont-ils que je puisse déclarer ma flamme à celui qui le mérite?

---P̲ÂRIS---

Il y a tout d'abord le conquérant fier et noble que le pouvoir ne fait pas chuter dans la noirceur. Il y a aussi cette vision d'un sage précepteur qui par sa connaissance enseignerait aux rois à se dévouer à la justice. Mais je ne puis voir le troisième; cette mare d'eau qui est le miroir de ces promesses est devenue muette à votre arrivée. Il n'en tient qu'à vous de la faire parler.

---A̲PHRODITE---

Je ne saurais savoir ce qui vaut la peine d'être espéré mis à part une vie d'amour. Si tu refuses de m'admirer, je peux te montrer une femme. Si tu le souhaites, elle sera tienne. Sache qu'elle est la plus belle Mortelle foulant cette terre. Je ne peux t'offrir présent plus sublime, Pâris. Regarde son reflet!

---PÂRIS---

Oh! Je la vois si pure dans cette eau boueuse. Qui est-elle?

---APHRODITE---

C'est Hélène.

---PÂRIS---

Est-il humain d'être si parfait? Pourtant, son regard est triste.

---APHRODITE---

C'est qu'elle n'est pas aimée comme elle le mérite. Tous se la sont arrachée, mais nul ne se soucie d'elle plus que d'un objet.

---PÂRIS---

Pas un roi pour la chérir?

---APHRODITE---

Ils sont trop occupés à être rois. Mais toi, Pâris, celui qu'on a choisi pour une tâche si délicate, pourrait la rendre heureuse. Et cet amour sera fort puisque vous aurez ma bénédiction. Elle n'attend que toi pour s'épanouir! Quel gâchis de la voir se flétrir!

---PÂRIS---

On croirait que chacun de ses gestes crie : sauvez-moi!

Scène V

Où est-elle?

---**APHRODITE**---

Un joyau pareil se mérite. Tu la trouveras et ce jour-là,
elle sera tienne.

---**PÂRIS**---

Non, n'effacez pas cette vision! Redonnez-la-moi!

---**APHRODITE**---

Tu l'as assez regardée. Maintenant lequel des trois, Pâris,
choisis-tu?

---**PÂRIS**---

Laissez-moi plus de temps!

---**APHRODITE**---

Nous sommes impatientes de savoir. Entrez mes sœurs,
car Pâris va donner la pomme!

(Héra, Athéna et Hermès entrent)

---**HERMÈS**---

Enfin, cette histoire sera réglée. Qu'on ne me parle plus
de femme pour l'heure! Nous t'écoutons Pâris! Laquelle
gagnera la Pomme d'Or?

---PÂRIS---

Je déclare, en tendant vers elle cette pomme, que celle qui est la plus belle, c'est Aphrodite.

---HERMÈS---

Acceptez ce jugement sans dire un mot, car Zeus le veut ainsi et que nul mal ne soit fait à Pâris par vos fautes!

---HERMÈS---

Qu'on le sache, Immortels, l'heure est grave, car quinze années après le Jugement de Pâris, le temps des guerres se renouvelle.

Un front commun s'amasse venant de l'ouest, se liant d'indignation.

Écoutez ce que l'on crie partout; on a enlevé Hélène de Sparte.

On l'a enlevée à son époux, le fier Ménélas. Pâris l'a enlevée.

On en appelle au Serment des Prétendants.

L'heure est à la vengeance.

Ceux qui autrefois se battaient à prétendre la main de la

belle Hélène, ceux qui, au sort, désignèrent l'élu et promirent de le protéger des assauts déloyaux de leurs comparses, ceux-là en appellent au Serment des Prétendants.

Qu'on le sache, Rois et Princes se rassemblent dans l'obligation de faire valoir le droit de Ménélas et entraînent dans leur démesure les armées grecques, enhardies par la présence d'Achille, fils de Pelée et Thétis.

Préparez-vous, car quand les voiles des bateaux se déploieront, les plages blanches de Troie ne seront plus que sang!

www.ingramcontent.com/pod-product-compliance
Lightning Source LLC
Chambersburg PA
CBHW061721130726
47996CB00006B/2430